পদ্মশ্রী প্রাণ

ন্ডওয়ার্ল্ড এনসাইক্লোপীডিয়া অফ্ কমিক্স্দ-য়ের এডিটর মরিস হর্ন কার্টুনিস্ট প্রাণকে ন্ডওয়াল্ট ডিজনী অফ্ ইণ্ডিয়্দ আখ্যা দিয়েছেন। ওনার রচিত কমিক্স প্রজন্মের-পর-প্রজন্ম ধরে দেশের নবযুবকদের সাথী হয়ে থেকেছে। তারা প্রাণের সৃষ্ট চরিত্র চাচা চৌধুরী, সাবু, শ্রীমতি জী, পিঙ্কী, বিল্লু, রমন ইত্যাদির মনোরঞ্জনের ভরপুর আন্দ উঠিয়েছে। ওনার ফওও-রও বেশী টাইটল্স মার্কেটে বিক্রী হচ্ছে এবং স্ট্রিপ্স্ বেশ কিছু ন্যুজ পেপার্সে প্রকাশিত হচ্ছে। চাচা চৌধুরীর ওপরে তৈরী টি.ভি. সিরীয়াল লাগাতার ঠওও এপিসোড পর্যন্ত এক প্রমুখ টি.ভি.চ্যানেলে দেখানো হয়েছে।

বিশ্বের বেশ কিছু দেশে সফর করা, সেখানকার কন্ফারেন্সগুলোয় কার্টুন্সের ওপরে বক্তব্য প্রদানকারী প্রাণকে ন্ডলিমকা বুক অফ্ ওয়ার্ল্ড রেকর্ডস্দ ন্ডপীপল অফ্ দ্য ইয়ার্দ সম্মানে সম্মানিত করেছে। অধট সালে ওনার কমিক বুক – ন্ডরমন, হম এক হ্যায়্দ-য়ের বিমোচন দেশের তৎকালীন প্রধানমন্ত্রী শ্রীমতি ইন্দিরা গান্ধী করেছিলেন।

– প্রকাশক

হাই, আঙ্কল হেয়রী !
হাই, পিঙ্কী !

আঙ্কল লনে বিশ্রাম করতে যাচ্ছেন... ওনাকে বিরক্ত কোর না।
ও.কে., মা !

আমি ছাদে যাচ্ছি। বাজার থেকে আমি কুটকুটের জন্য স্পেশাল ডিশের পেস্ট নিয়ে এসেছি।

ছাদে কুটকুটকে পেস্ট বানিয়ে খাওয়াব।

চাঁ ! ! চাঁ ! !

চিঁ ! ! চিঁ ! !

আমি জানি যে, নিজের স্পেশাল ডিশ দেখেই তোর মুখে জল চলে আসছে।

একটু দাঁড়া। এর পেস্ট বানাতে দে... তারপর তোকে খাওয়াব।

আরে, কুটকুট... দাঁড়া !

দাঁড়া... ওহো !

ওহো ! পেস্ট নীচে ঘুমিয়ে থাকা হেয়রী আঙ্কলের মাথার ওপরে গিয়ে পড়েছে !

ওহো... কুটকুট ! তোর মতিগতি মোটেই ভালো ঠেকছে না।
চিঁ !! চিঁ !!

না, কুটকুট... না !

কুটকুট নীচে লাফিয়ে পড়েছে। কিন্তু আমি লাফাতে পারব না।

আমাকে সিঁড়ি বেয়ে নেমে কুটকুটকে আটকাতে হবে।

কুটকুট... দাঁড়া !
ও-হো !

হায়... আমার
শখের চুল !

পিঙ্কী আর রোলার

আরে, হেভী আঙ্কল! কোথায় ছুটে চলেছেন ?
আমি ছুটে চলছি না... বরং ছুটে আসছি।

ডাক্তার প্রাণঘাতীর চেম্বার থেকে।

আমি স্থূলতার চিকিৎসা করানোর জন্য ডাক্তার প্রাণঘাতীর কাছে গিয়েছিলাম। উনি আমাকে অপারেশন করানোর জন্য বলেন। আমিও অপারেশন করাতে রাজী হয়ে পড়ি। জানো, তারপর কি হয়েছে ?

অপারেশন থিয়েটারে ডাক্তার প্রাণঘাতী ফুলের মালা নিয়ে আসেন। আমি প্রশ্ন করি যে, মালা কিসের জন্য ?
তারপর ?

উনি বলেন যে, এটা ওনার প্রথম অপারেশন। উনি অপারেশনে সফল হলে এই মালা ওনার গলায় ঝুলবে আর উনি ব্যর্থ হলে এই মালা আমার মৃতদেহের গলায় ঝুলবে।

ব্যস্... এতটা শুনেই আমি সেখান থেকে ছুট্ট পালাই।
ভালো করেছেন... নয়তো খুবই খারাপ কিছু হয়ে পড়ত।

পিঙ্কী! আমার স্থূলতার কোন চিকিৎসা না তো আমি দেখতে পাচ্ছি, না অন্য কেউ। বু-হু-হু!

বেচারা হেভী আঙ্কল !

স্টেডিয়াম
সত্যি, খুব বেশী স্থূলতা কারও কোন কাজে আসে না।

গোজী আঙ্কল! আপনাকে এত চিন্তিত দেখাচ্ছে কেন?
এই শহরে অনুষ্ঠিত হতে চলা ইন্টারন্যাশনাল ক্রিকেট ম্যাচের পিচ তৈরী করার কাজ আমার ওপরে দেওয়া হয়েছিল।

আমি পিচ তৈরী করেও দিয়েছিলাম... কিন্তু সেটাকে সমতল করার আগেই আমার রোলার খারাপ হয়ে পড়েছে।

ম্যাচ শুরু হতে চলেছে। তার আগে যদি পিচে রোলার না চলে... তাহলে ঝামেলা হয়ে পড়বে।
কেন?

রোলার চলবে কি করে ? এটা তো খারাপ।

আপনার সমস্যার সমাধান আমার কাছে আছে।

কি ?

এখুনি জেনে যাবেন।

ইনি হচ্ছেন হেভী আঙ্কল।

ইনি আপনার সমস্যা এক তুড়িতে সমাধান করে দেবেন।

কারও কাজে আসতে পারলে ইনি খুশীই হবেন।

বাহ! রোলারও পিচকে এতটা সমতল করতে পারত না।

পিঙ্কী চশমা

আরে, পিঙ্কী! তুমি কার এত মোটা কাঁচের চশমা চোখে লাগিয়ে রেখেছ ?
দিদিমার।
আমি এটা ঠিক করাতে নিয়ে যাচ্ছি।

শুনেছি, এত মোটা কাঁচের চশমা দিয়ে কিছুই দেখতে পাওয়া যায় না।

ভুল শুনেছ। আমি তো সব দেখতে পাচ্ছি।

আচ্ছা, তুমি কি দেখতে পাচ্ছ ?
সেটাও পরিস্কার ভাবে।

অন্ধকার !
!!

আরে, পিঙ্কী... দাঁড়াও।
বলুন, আঙ্কল !

চশমার দোকানে যাচ্ছ যখন, তখন আমার চশমাটাও পান্টে নিয়ে এসো।

দিন।

মনে হচ্ছে, তুমি চশমার দোকানে যাচ্ছ। আমার চশমাটাও ঠিক করিয়ে এনো।

আপনি হয়তো চশমা ঠিক করাতে যাচ্ছেন।
হ্যাঁ, কিন্তু হাঁটুর যন্ত্রণায় চলতে পারছি না।

আমাকে দিন... আমি আপনার চশমা ঠিক করিয়ে আনব।

থ্যাঙ্ক য়ু, পিঙ্কী!
পিঙ্কী... আমার চশমাটাও নিয়ে যাও।

শিয়্যোর !

এত লোকেদের কাজে আসতে পেরে যে খুশী পাওয়া যায়... তার কোন তুলনা হয় না।

GLass

এক ঘণ্টা পরে সবার চশমা ঠিক হয়ে পড়বে। ততক্ষনে একটু মলে ঘুরে আসি।
MOLL

এক ঘণ্টা পরে...!
Glass
Glass

সবাইকে চশমা দিয়ে দিই... তারপর আমাকে খেলতেও যেতে হবে।

একটু পরে...!

কোথায় পিঙ্কী ? এ কার চশমা দিয়ে গেল আমাকে ?
আমার তো কাছের চশমা ছিল... পিঙ্কী আমাকে এ কার চশমা দিয়ে গেল ?
আমি তো কিছুই দেখতে পাচ্ছি না।

বু-হু-হু-হু! এতে আমার দোষ কোথায় ?

15

পিঙ্কী

চিটুর কুকুর

পিঙ্কী! তোমার সাথে দেখা হয়ে ভালোই হয়েছে। আমি তোমাকেই খুঁজছিলাম।
কি ব্যাপার, চিটু?
আগে এটা বলো যে, তোমার হাতে এই দুটো মেডাল কিসের?

এই দুটো মেডাল আমি সিঙ্গিং কম্পিটিশনে পেয়েছি।

বাহ! একটা কম্পিটিশনে দু-দুটো মেডাল! ?

নিশ্চয়ই তুমি দুটো গান সুন্দর ভাবে গেয়েছিলে ?

না, তা নয়।
তাহলে ?

আমি একটা মেডাল গান শুরু করার জন্য পেয়েছি...!

... আর অন্যটা সেই গান শেষ করার জন্য।
!!

দারুণ... তাই না ?
সত্যিই দারুণ ! এবার বলো, তুমি আমায় খুঁজছিলে কেন ?

আমার আঙ্কেল আমাকে এক সুন্দর ব্রীড ডগি গিফ্ট করেছিলেন। কে জানে, সেটা কোথায় চলে গেছে।

ওকে খুঁজতে তুমি আমার সহায়তা করো।
তুতি নিশ্চয়ই ডগির দেখাশোনা ভালো করে করোনি... তাই ও চলে গেছে।

চলো, ওকে খোঁজার জন্য খবরের কাগজে বিজ্ঞাপন দিয়ে দিই।

আইডিয়াটা মন্দ নয়... কিন্তু এসবে কিছুই হবে না।
কেন ?

18

আমার ডগি খবরের কাগজে ছাপা বিজ্ঞাপন পড়তে পারবে না। ও লেখাপড়া জানে না।

বাদ দাও। আমি যেভাবেই হোক্, তোমার ডগিকে খুঁজে বার করব। তবে এর পর থেকে তোমাকে ভালো করে ডগির দেখাশোনা করতে হবে।

তুমি ডগির ওপরে একটা নিবন্ধ লেখো... এর থেকে তুমি এটা জানতে পারবে যে, ডগি কি হয় ?

ঠিক আছে। আমি ডগির ওপরে নিবন্ধ লিখতে যাচ্ছি।
আমি তোমার ডগিকে খোঁজার চেষ্টা করছি।

ঐ যে চিটুর ডগি।

একে ফিরে পেয়ে চিটু খুব খুশী হবে। আমি ওর কাছে একে নিয়ে যাচ্ছি।

চিন্টু! তোমার ডগি পেয়ে গেছি।

আরে, চিন্টু! তোমার এই অবস্থা হল কি করে?

তোমার জন্য। তুমি আমাকে ডগির ওপরে নিবন্ধ লেখার জন্য বলেছিলে। আমি একটা ডগিকে ধরে তার ওপরে লেখার চেষ্টা করায় সে আমার এই অবস্থা করে ছেড়েছে।

পিঙ্কী ইচ্ছা

কেমন আছো ?
© PRAN'S FEATURES

ভালো আছি।
ঠিক আছে ?
ফাইন !

গুড ! আচ্ছা... এটা বলো যে, এক্জামের প্রস্তুতি কেমন চলছে ?

খুব ভালো! একজাম বোর্ড তৈরী!

পেন তৈরী!

পেন্সিল তৈরী!

আর ড্রেসও তৈরী!

কেবল পড়াশোনা তৈরী করাটা বাকী আছে।

পড়াশোনার প্রতি সিরীয়াস হও। আমরা মন দিয়ে পড়লে তবেই আমাদের কিছু একটা হওয়ার ইচ্ছা পূরণ হবে।

সবারই তো কিছু-না-কিছু ইচ্ছা থাকে, তাই না ?

কেন থাকবে না ? আমার ডাক্তার হওয়ার ইচ্ছা রয়েছে।
আমি ইঞ্জিনিয়ার হব।

তোমারও তো কোন ইচ্ছা আছে, গব্দু !

দেখে নিও, আমি এক দিন সিংহকে জোরদার থাপ্পড় কষাব।
এমনি !

বাঘের লেজ ধরে এই ভাবে টান মারব।

হাতীকে শূন্যে তুলে ধরব।

আর তাকে জোরে ঘুরিয়ে শূন্যে ছুঁড়ে দেব।

এমনি।

শাবাশ, গন্দু! তুমি এমনটা এক দিন অবশ্যই করবে।

তবে যেদিন তুমি এমনটা করবে... সেদিন ঘটনা অন্য কিছু ঘটবে।
কি ?

খেলনা বাঘ-সিংহ-হাতীর দোকানদার তোমার কান চেপে ধরে তোমাকে দোকানের বাইরে বার করে দেবে।

পিঙ্কী সত্য বচন
পিঙ্কী, কোথায় তুমি ?
তুমি পিঙ্কীকে দেখেছ ?
না !

পিঙ্কীকে দেখেছ ?
না তো !

আপনি পিঙ্কীকে কেন খুঁজছেন, রাগী আঙ্কল ?
আমি ওর কান মুলে দেব।

আমি এসে গেছি, আঙ্কল। বলুন, এত রেগে আছেন কেন ?

কিছুদিন আগে তুমি আমাকে বলেছিলে যে, আমার সব সময় হাসতে থাকা উচিত।
আউ উ... হ্যাঁ, বলেছিলাম।

তোমার কথায় আমি সব ব্যাপারে মুচকি হাসতে আর অট্টহাস্য করতে শুরু করেছিলাম।

আমাকে সব সময় হাসতে দেখে পাগলা গারদের লোকেরা আমাকে ধরে নিয়ে গিয়েছিল।

ঐইমাত্র আমি সেখান থেকে ছাড়া পেয়ে আসছি।
আউ উ!

এসব তোমার জন্য হয়েছে।
আউ! আমার কান ছাড়ুন।

স্যরি, আঙ্কল! আমার জন্য আপনার কষ্ট হয়েছে।

চলুন, আমি আপনার ভালোর জন্য আরও একটা কথা বলছি।

আমি ভগবানের কাছে প্রার্থনা করছি যে, এক দিন যেন গোটা দুনিয়া আপনার ইশারায় চলে।

ঠিক আছে ?

অদ্ভূত মেয়ে। ও আমাকে আরও এক বার বুদ্ধু বানাল না তো ?

কিছুদিন পরে...!

নাও, মিষ্টি খাও।

মিস্টি কোন্‌ আনন্দে, আঙ্কল ?

তুমি বলেছিলে যে, একদিন গোটা দুনিয়া আমার ইশারায় নাচবে।
হ্যাঁ, বলেছিলাম।

তোমার কথা সত্য প্রমাণিত হয়েছে।

আমি ট্রাফিক পুলিশে চাকরী পেয়ে গেছি। এখন সবাই আমার ইশারায় নাচে।

পিঙ্কী আপদ এসে গেছে

www.chachachaudhary.com

31

ও এখানে ঢুকেছে।

ঝপট কাকু !
আপদ এসে গেছে।

পিঙ্কী ! প্লীজ, তুমি চলে যাও।

আমি চাই না যে, আমার কোন লোকসান হোক্।

আমি এখানে লোকসান করতে নয়... আটকাতে এসেছি।

তুমি আমাকে কথার প্যাঁচে ফেলার চেষ্টা করছ। বললাম না – চলে যাও।
আপনি আগে আমার কথাটা তো শুনুন...।

হ্যাঁ... বলো, কি বলতে চাও ?
আমার কুটকুট জানলা দিয়ে আপনাদের রান্নাঘরে ঢুকে পড়েছে।

ও প্রচণ্ড ক্ষুধার্ত... রান্নাঘর থেকে কিছু খেয়ে না নেয়।

ওহো হ! ওখানে তো ফ্রুটস্ রাখা রয়েছে।

যা ভয় করেছিলাম, সেটাই হয়েছে।

এ্যাই... দাঁড়াও ! আমাদের ফল খেও না।

আরে... ওকে মেরে তাড়াও !
আর কোন লাভ নেই !
করচ ! করচ !! করচ !!!

করচ ! করচ !! করচ !!!

কুটকুট ! চলো... যাওয়া যাক।

এবার নিশ্চয়ই তোমার পেট ভরে গেছে।

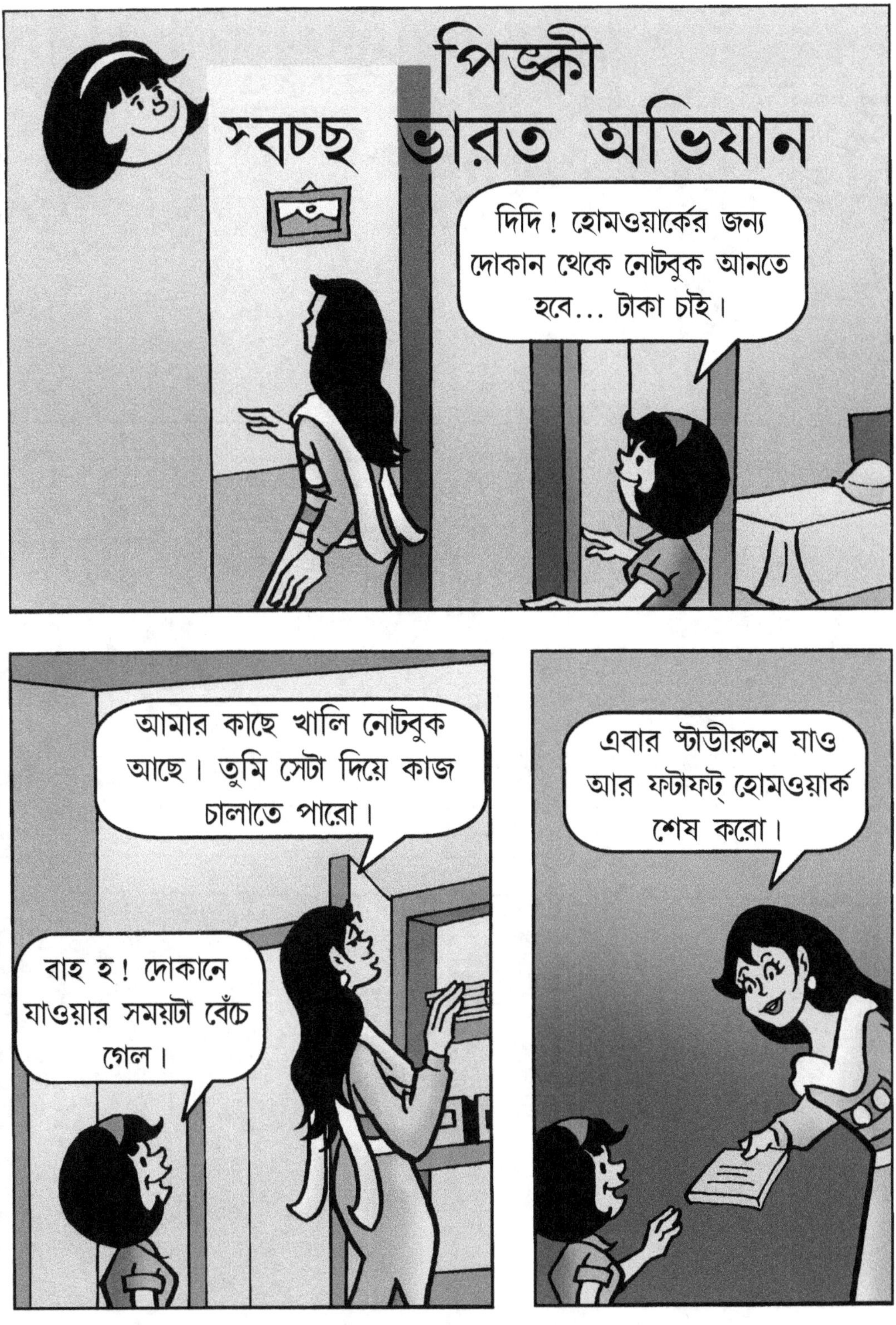

পিঙ্কী

স্বচ্ছ ভারত অভিযান

পিঙ্কী ! তুমি সারা ঘরে নোংরা ছড়িয়ে রেখেছ !

নোটবুকের পাতা ছিঁড়ে-ছিঁড়ে ফেলছ কেন ?
আমি নিবন্ধ লিখছি... কিন্তু ভালো লাইন মাথায় আসছে না।

নিবন্ধের বিষয় কি ?
স্বচ্ছ ভারত অভিযান !

পিঙ্কী
জনি জোকার
গরীবকে কিছু দান করুন, বাবা!
তুমি ভিক্ষা চাইছ কেন?

তুমি ভিখারী নও, তুমি হচ্ছ সার্কাসের জোকার। তোমার ভিক্ষা চাওয়ার প্রয়োজন হল কেন?
তুমি ঠিকই বলেছ, বেবী!

আমার নাম জনি! আজকাল সার্কাস কে দেখে? সবাই মাল্টি চ্যানেল টি.ভি. দেখে। বাচ্চারা ইলেক্ট্রোনিক্স টয় নিয়ে খেলা করে। এজন্য আমি এখন বেকার হয়ে পড়েছি।

এই নাও কচুরী!

বাহ হ... সুস্বাদু!

পরের দিন...! তুমি??
আমার ক্ষিদে পেয়েছে, তাই চলে এলাম।

এই নাও মটর-পোলাও !
এটা আমার ফেভারিট ডিশ।

তৃতীয় দিন...!
তুমি প্রতি দিন এসে হাজির হচ্ছ... এসব কি ইয়ার্কি ?

আমি ইয়ার্কি করছি না। আমি কোথাও ছোটখাটো কোন চাকরী পেলে আর কখনো এখানে আসব না।

ঠিক আছে... চলো আমার সাথে। তোমার জন্য কাজ খোঁজা যাক।

ডায়রেক্টর সাহেব! আপনি উদাস হয়ে বসে আছেন কেন ?
আমি সার্কাসের ওপরে এক টি.ভি. সিরীয়াল বানাচ্ছি।

সব আর্টিস্ট পেয়ে গেছি... কেবল একটা পাইনি। তাকে বাদ দিয়ে আমার সিরীয়াল অপূর্ণ থেকে যাবে।
কোন্ আর্টিস্ট ?

জোকার !

আমার কাছে আসল জোকার আছে... সেও কাজ খুঁজছে।
ব্যস্... কাজ হয়ে গেছে।

জনি ! তোমার মাইনে মাসে 50,000 টাকা। আজ থেকেই কাজ শুরু করে দাও।

পরের শট রেডী করো !
আপদ বিদেয় হয়েছে !

পিঙ্কী ওষুধ

ওহো হ! কম্প্যুটার বন্ধ হয়ে গেল কেন ?
© PRAN'S FEATURES
হ্যালো, কম্প্যুটার ইঞ্জিনিয়ার! আমার কম্প্যুটার রিপেয়ার করতে চলে আসুন।

স্যার! আমি এখন শহরের বাইরে। তিন-চার দিন পরে আসতে পারি।

পণ্ডিত নেহরু না থাকলে কি দেশ চলবে না ?

এত রেগে আছো কেন ?

বন্ধুকে এক জরুরী ই-মেল পাঠানোর ছিল... সময় বুঝে কম্পিউটার খারাপ হয়ে পড়েছে।
তো চিঠি পোস্ট করে দাও।

বন্ধু কি ভাববে ? ও ভাববে যে, আজও আমি প্রস্তর যুগে বাস করছি।
শান্ত হও... তোমার ব্লাড প্রেশার বেড়ে উঠবে।

প্রবলেমটা কি ?

আমার ব্লাড প্রেশারের ওষুধ দাও।

ওটা পাশের ঘরে রাখা আছে... এখুনি নিয়ে আসছি।

ওষুধ খুঁজে পাওয়া যাচ্ছে না... কোথায় রেখেছি, মনে করতে পারছি না।
ভুলো কোথাকার! তোমার রাখা কোন জিনিষ নিজের জায়গায় থাকে না।

আজ হাওয়া এত গরম কেন ?

এই আরেক আপদ এসে হাজির হল।

তুমি এখন যাও... আজ তোমার দাদু প্রচণ্ড ক্ষেপে আছেন।
প্রবলেমটা কি ?

ওনার ব্লাড প্রেশারের ওষুধ পাওয়া যাচ্ছে না আর কম্পিউটার খারাপ... জরুরী ই-মেল পাঠানোর ছিল।

ওষুধের দোকানে ওষুধ পাওয়া যাবে।

আমার হাঁটুতে যন্ত্রণা হচ্ছে... নয়তো আমি ওষুধ নিয়ে আসতাম।

সারাটা দিন টি.ভি.-র সামনে বসে-বসে তোমার হাঁটুতে জং ধরে গেছে।

43

দাদু! আমার কাছে শান্তির ওষুধ আছে।
তুমি কি ডাক্তার নাকি ?

এই নিন, মিষ্টি পান খান।

এতে মুখ বন্ধ থাকবে আর এর মিষ্টি রস মনকে খুশী প্রদান করবে।

এবার ঠাণ্ডা মাথায় বন্ধুকে মোবাইলে মেসেজ পাঠিয়ে দিন। কম্প্যুটার ঠিক হওয়া পর্যন্ত মোবাইলের নেট ইউজ করুন।

ক্রোধে প্রবলেম আর শান্তিতে সেটার সমাধান পাওয়া যায়।

বায় !
এই মেয়েটা বড় হয়ে নিশ্চয়ই মনো-বৈজ্ঞানিক হবে!

FIND 10 DIFFERENCES

Find the differences in two Pictures and send us back to win a surprise prize - write down the following details in block letter: Complete Name, Telephone Number with STD code (Mobile Number), Age, Place of Birth, Date of Birth, Gender, Email ID and Complete Postal Address with Pin code.

Discover Talent @ Diamond Toons

X-30, Okhla Industrial Area, Phase-II, New Delhi-110020

Ph.: 011-40712100, 40712200, E-mail: sales@dpb.in

JOIN THE DOT

Draw a line from dot number 1 to dot number 2, then from dot number 2 to dot number 3, 3 to 4, and so on. Continue to join the dots until you have connected all the numbered dots. Then color the picture!

Join the dot and send us back to win a surprise prize - write down the following details in block letter: Complete Name, Telephone Number with STD code (Mobile Number), Age, Place of Birth, Date of Birth, Gender, Email ID and Complete Postal Address with Pin code.

FIND THE WAY

Help every duckling to find its own way to the little pond in the middle of the maze. send us back to win a surprise prize - write down the following details in block letter: Complete Name, Telephone Number with STD code (Mobile Number), Age, Place of Birth, Date of Birth, Gender, Email ID and Complete Postal Address with Pin code.

The Great Indian Festival Series

Available in Hindi , English, Marathi , Bangla & Gujarati

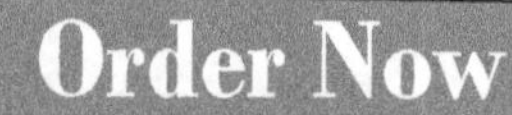

X-30, Okhla Industrial Area Phase-II, New Delhi-110020, INDIA
Tel.: 40712200 E-mail: sales@dpb.in, Website: www.dpb.in

www.ingramcontent.com/pod-product-compliance
Lightning Source LLC
Chambersburg PA
CBHW051336150726
47997CB00004B/1489